de Coninck

REVUE POUR 1855

SEIZIÈME ANNÉE.

HAVRE

JANVIER 1856.

(c)

Havre. — Imprimerie ALPH. LEMALE, quai d'Orléans, 9.

REVUE POUR 1855

HAVRE,   JANVIER 1856.

Nous terminions notre Revue pour 1854 en émettant le vœu que le rétablissement de la paix et de bonnes récoltes vinssent bientôt donner aux affaires l'élan qui aurait été la conséquence assurée de si heureux évènements.

La guerre a malheureusement continué, et malgré les brillants succès de notre vaillante armée, ou peut-être en raison même de ces succès, il n'a pas encore été possible de conclure la paix.

La récolte, loin d'avoir été abondante, a présenté un notable déficit, et le prix moyen de l'année a été d'environ F. 30 l'hectolitre, alors que le prix moyen de 1848 à 1852 n'a pas excédé F. 15.50 l'hectolitre. Malgré ces circonstances si défavorables, nous avons eu une bonne année commerciale.

Les importations et consommations des grands articles, tels que *Coton*, *Sucre* et *Café* ont augmenté, et bien qu'ils aient été payés à des prix élevés, sur les lieux de production, les importateurs ont dû généralement gagner.

Le commerce d'armements a continué à prendre de grands développements, mais les Anglais ayant beaucoup moins affrété de navires français, les frets de sortie ont subi une dépréciation notable qui a d'autant plus diminué les bénéfices, que les gages d'Equipage, les vivres, les assurances et les frais d'armement ont plutôt encore augmenté.

Les Assurances maritimes ont été plus heureuses, et les pertes de 1854 ont été comblées ou fort réduites, par les bénéfices de 1855, dus à l'augmentation des primes et au moins grand nombre de sinistres.

L'Exposition générale de l'Industrie, en attirant en France un nombre immense d'étrangers de tous les pays, a procuré à nos industriels de nombreux acheteurs pour le présent et pour l'avenir, en même temps qu'elle a placé l'Industrie française aux yeux de tous, au rang qui lui appartient, et que l'Exposition de Londres lui avait, du reste, déjà assigné.

Nous pensons néanmoins que, prise dans son ensemble, la fortune publique en France a subi, en 1855, une diminution assez sensible, par suite des frais énormes qu'entraîne la guerre, et des sacrifices que chacun a dû s'imposer pour vivre ou aider à vivre tous ceux que leur travail ne pouvait plus soutenir, en raison de l'excessif renchérissement de toutes les nécessités de la vie; aussi les dettes du Gouvernement, celles des communes et celles des particuliers se sont-elles notablement accrues, et la Rente, ce thermomètre financier, est descendue de F. 72 au-dessous de F. 62.

Mais, tandis que le 3 % a tant baissé, on a vu, en 1855, les Actions du Crédit Mobilier monter de F. 720 à F. 1,660, et cette Compagnie faire annoncer un bénéfice de F. 200 sur des Actions de F. 500.

La suite démontrera si le pays aura toujours à se féliciter de la création de cet établissement financier qui semble avoir quelques rapports avec des créations analogues dont le souvenir n'est pas très encourageant.

Nous serions surpris si le Gouvernement, qui lui a accordé le privilège exorbitant d'une action sans contrôle, vît de très bon œil les économies de la France poussées par cette voie vers l'étranger, alors qu'il importerait tant de les conserver à notre industrie, à notre agriculture et à nos propres fonds publics.

Nous croyons qu'il n'y aura pas davantage à se féliciter de la création de la Compagnie Générale Maritime fondée par le Crédit Mobilier, en dehors de toutes les règles suivies jusqu'ici en matière de Société anonyme, et cohabitant avec lui, dans le même hôtel, à Paris.

Si, ainsi que l'avaient annoncé ses fondateurs, la Compagnie Générale Maritime s'était bornée à établir des services transatlantiques et à aider les affaires maritimes particulières au lieu de leur venir en concurrence, elle aurait été une institution éminemment utile et probablement fructueuse pour ses actionnaires, car elle aurait fait par l'association des capitaux, ce que les particuliers ne pouvaient entreprendre isolément. Mais, au lieu de ce beau programme, la Compagnie Générale n'a encore établi aucun service transatlantique et s'est mise à faire là concurrence, même aux opérations maritimes les plus modestes que les plus petites maisons d'armement peuvent faire aussi bien et peut-être mieux qu'elle. En agissant ainsi, cette compagnie a justifié les méfiances qui ont accueilli sa création, et il est possible qu'elle prépare un jour de grands mécomptes à ses Actionnaires; car le passé est là pour prouver que les compagnies commerciales qui n'ont pas un but unique et bien défini, ou qui n'ont pas pour objet l'exploitation d'un monopole et qui ont la prétention de tout faire et de tout embrasser, réussissent rarement et ne font que porter la perturbation dans les affaires établies avant elles ou qui se seraient faites sans elles. Ce sont ces considérations qui jusqu'ici avaient empêché le Gouvernement d'accorder à ces entreprises le bénéfice de l'irresponsabilité personnelle, financière et morale, résultant de la société anonyme.

Tandis qu'il y a si peu de temps encore, la Banque de France

2

escomptait à 3 % et que le Crédit Foncier entreprenait de prêter à 5 %, en comprenant dans ce taux le remboursement du capital en cinquante ans, ses frais d'administration et le bénéfice de ses actionnaires, et qu'on en était à se demander si nous ne marchions pas rapidement vers une époque à laquelle l'argent obtiendrait difficilement un intérêt en dehors des entreprises industrielles, nous avons vu en 1855 la Banque, forcée par le rapide écoulement de son encaisse, de porter son escompte à 6 %, taux qu'il n'avait pas atteint depuis quarante ans, de réduire à 75 jours l'échéance du papier admis à l'escompte; et de restreindre considérablement ses avances sur effets publics.

Ces mesures ont été vivement critiquées; mais les reproches adressés aux habiles administrateurs de ce grand établissement financier nous ont semblé peu fondés.

Si la Banque n'avait pas *enrayé*, elle marchait inévitablement vers un épuisement d'espèces qui l'aurait mise en contravention avec la loi qui lui a conféré son privilége.

Le Commerce doit au contraire savoir gré à la Banque de ce qu'elle a compris que ce privilége lui imposait d'autres devoirs que celui d'assurer de gros dividendes à ses actionnaires, et qu'elle a fait de grands sacrifices pour faire arriver dans ses caisses de notables quantités de métaux précieux. Malheureusement elles n'ont pas suffi pour y rétablir l'équilibre, et on se demande avec quelque anxiété, par quelles mesures il y sera maintenu, à l'avenir, si les espèces continuent à sortir de la Banque plus rapidement qu'elles n'y rentrent.

S'il y avait un reproche à faire à la Banque, ce serait bien plutôt d'avoir favorisé l'agiotage par des avances considérables à 3 p. 0/0 et 4 p. 0/0 sur des obligations et actions produisant 5 et 6 p. 0/0, ce qui a permis d'y spéculer beaucoup trop largement et de donner un essor désordonné à trop d'entreprises à la fois.

Il y a peut-être à examiner si le capital de la Banque, fixé à 90 millions en 1806, est suffisant aujourd'hui pour les besoins d'un commerce qui a plus que décuplé depuis cette époque. De bons esprits pensent qu'il faudrait porter ce capital à 200 millions. Les actions de 1,000 fr. ne resteraient sans doute pas au cours actuel de plus de 3,000 fr., et le dividende des actionnaires pourrait tomber au-dessous de 20 %; mais le privilége octroyé à la Banque, ayant l'intérêt général pour objet, c'est évidemment celui-là que le Gouvernement consultera.

Le phénomène de la raréfication des espèces, malgré les énormes quantités d'or que la Californie et l'Australie ont, depuis quelques années, répandues dans le commerce, est l'objet d'explications diverses, et qui semblent plus ou moins fondées.

Il est évident que la guerre a dû faire envoyer de France et d'Angleterre des sommes très considérables en espèces en Orient, et qu'il a été fait des envois importants d'argent en Espagne, en Algérie, etc., pour payer les blés tirés de ces pays.

L'Inde et la Chine ont aussi tiré de l'Europe bien des lingots ou des pièces de cinq francs; mais nous inclinons néanmoins à penser qu'il y a une cause plus générale qui a produit le besoin d'espèces qui se manifeste par l'intérêt si élevé de l'argent.

Nous nous demandons s'il ne faut pas l'attribuer au renchérissement excessif de presque toutes les nécessités de la vie, exigeant une quantité d'espèces beaucoup plus considérable pour les innombrables transactions auxquelles toutes ces denrées donnent lieu chaque jour (1).

---

(1) Pour le pain seul, 15 fr. de différence par hectolitre de blé font, sur une consommation de 70 millions d'hectolitres, plus D'UN MILLIARD. Il faut donc aujourd'hui, de plus qu'il y a cinq ans, *un milliard* aux meuniers pour acheter le blé aux fermiers ou aux importeurs, *un milliard* aux boulangers pour acheter la farine aux meuniers, et *un milliard* aux consommateurs pour acheter le pain aux boulangers; sans compter les transactions des autres intermédiaires non obligés, qui se placent souvent entre les producteurs de blé et les consommateurs de pain.

Nous pensons aussi que, par la même raison, il va, depuis un an, tous les jours, beaucoup plus d'argent des villes dans la campagne qu'il n'en allait de 1848 à 1852, par exemple, lorsque tous les produits agricoles étaient moitié moins chers, et que cet argent, dont l'ensemble doit constituer un capital énorme, revient très lentement de la campagne dans les villes.

Si nous ne nous trompons pas dans nos suppositions à cet égard, il faudra en conclure que l'effet de rareté de numéraire que nous éprouvons en ce moment aura une forte réaction un jour, lorsque ces causes disparaîtront par le rétablissement de la paix et le retour de récoltes comme nous en avons eues de 1848 à 1852. Nous pourrons alors voir une grande surabondance d'espèces et un taux d'intérêt très bas, et cela d'autant plus que la production de l'or, qui faiblissait il y a un an, s'est relevée avec vivacité. On n'extrait plus ce métal seulement des alluvions mais des filons quartzeux, ce qui ouvre à l'exploitation, des champs qui semblent indéfinis. On estime l'extraction de la Californie en 1855 à 500 millions. Celle de l'Australie a dû être moindre ; mais le total doit être énorme, et tôt ou tard, il en résultera un grand changement entre la valeur de l'or et les objets qui s'acquièrent avec de l'or.

L'année 1855 a vu accorder enfin au commerce la liberté de construire des navires avec des matériaux étrangers qui lui était promise depuis 1847, et la haute intelligence du chef de l'Etat a été plus loin encore, en autorisant la francisation des navires étrangers moyennant un droit de 12 p. 0/0.

Divers autres décrets ont, dans le courant de 1855, réduit ou supprimé les droits sur les Sucres étrangers, les Laines, les Cuirs, les Dents d'éléphant, les Ecailles, et un grand nombre d'autres articles de moindre importance.

Nous avons tout lieu d'espérer que nous n'en resterons pas là dans la voie de la liberté commerciale, et que les affranchissements accordés à titre temporaire le seront définitivement de manière à permettre de créer avec sécurité les établissements nécessaires pour en profiter largement.

Nous espérons aussi que toutes les entraves mises au Commerce et à l'Industrie, par le tarif des Douanes, et blessant à la fois les intérêts du Trésor et ceux des consommateurs, disparaîtront bientôt.

Dans cette voie, pour un intérêt froissé il y en a toujours cent de favorisés ; et un gouvernement issu du suffrage universel doit nécessairement avoir l'intérêt des masses pour objet de sa sollicitude.

Nous formons surtout des vœux pour la suppression complète des droits sur la Houille, si justement qualifiée de *pain de l'industrie*. Ce que le Gouvernement perdrait en droits de Douane, lui rentrerait au décuple par les impositions indirectes. Il ne serait probablement pas extrait un hectolitre de moins de Houille en France, et il y aurait incontestablement beaucoup de travail créé par le développement que prendrait l'industrie. Il n'y aurait peut-être de changé que le taux des dividendes que les compagnies Houillères, plus ou moins fusionnées, distribuent à quelques centaines d'actionnaires.

Il n'a été réalisé en 1855, aucune des grandes améliorations promises au port du Havre et en vue desquelles il a été imposé à son Commerce un droit de bassin qui a été perçu dès le 1er janvier 1855.

Rien, absolument rien, n'a encore été commencé. On ne creuse même pas le bassin-dock, voté dès 1844, dont les terrains sont achetés et payés par l'Etat depuis dix ans, et pour le creusement duquel sept cent mille francs, provenant du droit de bassin, restent à ne rien faire dans la caisse municipale.

Si le Gouvernement voulait retarder les travaux d'un an ou davantage, il aurait été juste de retarder de même la perception du droit de bassin, sauf à le faire peser plus longtemps sur ceux qui profiteront des améliorations qu'il est destiné à payer.

COTONS.

Il résulte des chiffres officiels de l'administration des Douanes qu'il a été acquitté en 1855 :

$$76,000,000 \text{ k. contre}$$
$$71,600,000 \text{ » en } 1854$$
$$75,000,000 \text{ » » } 1853$$
$$72,000,000 \text{ » » } 1852$$
$$58,500,000 \text{ » » } 1851$$

La consommation du Coton en 1855, a donc été plus forte en France qu'en aucune année précédente, et nous pouvons faire la remarque, comme pour 1854 et 1853, que la cherté des vivres, la guerre et les autres causes qui paraissaient devoir réduire cette consommation, n'ont pas eu cet effet.

Il nous semble naturel de conclure de ces faits que la consommation du Coton en France est appelée à prendre, avec le retour de la paix et du pain à bon marché, un développement très considérable.

Contrairement à ce qui avait eu lieu en 1854, les prix ont presque toujours été en voie de hausse, ainsi que l'indique le tableau suivant :

Cours des Cotons bas et très ordinaires Louisiane.

	Bas Louisiane.			très ordinaire Louis^ne			Prix du Calicot à Rouen
	plus bas	plus haut	commune	plus bas	plus haut	commune	
Janvier	73 —	76 —	75 —	79 —	81 —	80 —	32 c.
Février	77 —	77 —	77 —	82 —	82 —	82 —	32 ½
Mars	77 —	80 —	79 —	81 —	85 —	84 —	33 ½
Avril	78 —	80 —	79 —	85 —	85 —	85 —	34 ¼
Mai	79 —	81 —	80 —	86 —	89 —	88 —	34 ½
Juin	87 —	89 —	88 —	93 —	96 —	94 —	35
Juillet	86 —	87 —	86 —	93 —	94 —	92 —	35
Août	85 —	87 —	86 —	93 —	95 —	94 —	35
Septembre	87 —	88 —	87 ¼ —	94 —	95 —	95 —	35
Octobre	86 —	88 —	87 —	94 —	96 —	95 —	34
Novembre	88 —	89 —	88 ½ —	92 —	96 —	94 —	34
Décembre	88 —	91 —	90 —	92 —	93 —	93 —	33 ½

Cette hausse soutenue a été favorable aux importeurs ; mais il n'en a pas été de même pour les filateurs et fabricants. L'industrie cotonnière a généralement peu gagné, et beaucoup d'établissements travaillent même à perte depuis quelque temps, par suite des prix élevés de la matière première, dont notre marché se trouvait il y a quelques semaines, complètement dégarni. Il est cependant très probable que sa position ne tardera pas à s'améliorer beaucoup sous ce dernier rapport.

La récolte de Coton aux Etats-Unis est estimée à 3,500,000 B. et les expéditions pour France dépassent déjà les plus fortes connues au début d'une campagne. On doit donc s'attendre à voir les prix plus bas en 1856 qu'en 1855, et si les circonstances fâcheuses d'une guerre très sérieuse et d'une crise alimentaire venaient à disparaître, ou même à être sensiblement atténuées, l'effet d'un retour de plus grande confiance dans l'avenir ne tarderait sans doute pas à produire un élan vigoureux dans toutes les branches de l'industrie et du commerce.

Les tableaux suivants résument le mouvement des Cotons en France et en Angleterre, pendant l'année 1855, comparée aux quatre années précédentes.

Arrivages de Coton au Havre

Années	des États-Unis	du Brésil	d'ailleurs	Total
1855	406,600 B.	2,500 B.	9,000 B.	418,100 B.
1854	411,000	2,000	12,000	425,000
1853	374,500	2,800	12,200	389,500
1852	374,900	6,000	14,400	395,300
1851	282,400	6,600	15,000	304,000

Arrivages dans les autres Ports de France

Années	des États-Unis	du Brésil	d'Egypte	d'ailleurs	Total
1855	12,000 B.	— B.	30,700 B.	2,800 B.	45,500 B.
1854	19,300	—	21,400	4,300	45,000
1853	14,500	—	33,000	17,000	64,500
1852	17,800	—	36,700	12,500	67,000
1851	13,000	1,100	18,500	23,000	55,600

En réunissant ces deux tableaux, les importations en France ont été de :

$$
\begin{array}{rl}
463,600 \text{ B.} & \text{en } 1855 \\
470,000 \text{ »} & 1854 \\
454,000 \text{ »} & 1853 \\
462,000 \text{ »} & 1852 \\
359,000 \text{ »} & 1851
\end{array}
$$

Les importations en Angleterre ont été comme suit, pendant les cinq dernières années :

Années	des E.-Unis	du Brésil	des Antilles	d'Egypte	de l'Inde	Total
1855	1,623,000 B.	135,000 B.	9,000 B.	115,000 B.	396,000 B.	2,278,000 B.
1854	1,666,000	107,000	9,300	81,000	308,000	2,171,300
1853	1,532,000	132,400	8,800	105,400	485,500	2,264,100
1852	1,788,600	144,200	12,200	189,900	222,400	2,357,400
1851	1,397,000	108,700	8,500	63,900	326,500	1,904,600

Dans les pays d'Europe autres que l'Angleterre et la France, on a reçu :

	1855	1854	1853	1852	1851
des Etats-Unis directement..	284,000 B.	342,000 B.	364,000 B.	353,000 B.	269,000 B.
de l'Angleterre..................	317,000	316,000	349,000	283,000	268,000
de la France......................	43,000	20,000	25,000	25,000	20,000
	644,000 B.	678,000 B.	738,000 B.	661,000 B.	557,000 B.

Il résulte des tableaux ci-dessus que les importations en Europe des pays de production ont été, en 1855, de

$$
\begin{array}{rl}
3,025,600 \text{ B.} & \text{en toutes sortes, contre} \\
2,983,000 & \text{en } 1854 \\
3,082,000 \text{ »} & 1853 \\
3,172,000 \text{ »} & 1852 \\
2,532,000 \text{ »} & 1851
\end{array}
$$

Les recettes et les expéditions des Etats-Unis ont été comme suit, depuis cinq ans :

Tableau du Mouvement des Cotons aux Etats-Unis.

Années	Récoltes	Exportations des Etats-Unis pour			Total
		Angleterre	France	Continent	
1854—35....	2,847,000 ʙ.	1,550,000 ʙ.	410,000 ʙ.	284,000 ʙ.	2,244,000 ʙ.
1853—54....	2,928,000	1,604,000	374,000	341,000	2,319,000
1852—53....	3,262,000	1,736,000	426,700	364,000	2,526,700
1851—52....	3,015,000	1,668,000	421,400	353,000	2,442,000
1850—51....	2,355,000	1,418,000	301,400	269,000	1,988,400

La consommation de Coton de toutes sortes, en Europe et aux Etats-Unis a été à peu près comme suit :

	1855	1854	1853	1852	1851
	ʙ.	ʙ.	ʙ.	ʙ.	ʙ.
en Angleterre................	2,100,000	1,949,000	1,854,000	1,911,000	1,662,000
en France......................	427,000	400,000	425,000	400,000	357,000
autres pays d'Europe....	600,000	600,000	650,000	600,000	550,000
en Europe......................	3,127,000	2,949,000	2,929,000	2,911,000	2,569,000
aux Etats-Unis..............	594,000	610,000	671,000	603,000	404,000
Total................	3,721,000	3,559,000	3,600,000	3,514,000	2,973,000

Pour faire face aux consommations ci-dessus, il y a eu approximativement :

	1855	1854	1853	1852	1851
	ʙ.	ʙ.	ʙ.	ʙ.	ʙ.
Stock au 1ᵉʳ Janvier 1855	725,000	760,000	700,000	550,000	600,000
Récolte aux Etats-Unis....	2,850,000	2,928,000	3,262,000	3,015,000	2,355,000
Venu de l'Inde.................	400,000	312,000	500,000	230,000	340,000
Venu de l'Egypte, du Brésil, des Indes Occidentales et des Mers du Sud........	300,000	270,000	310,000	430,000	260,000
	4,275,000	4,270,000	4,772,000	4,225,000	3,555,000

4.

Nous commençons l'année avec un stock en Europe d'environ 570,000 balles, et la récolte 1855-56 est estimée devoir atteindre le chiffre de 3,500,000 balles.

Nous ferons remarquer que, tandis que l'Angleterre importe 400,000 balles Coton de l'Inde et trouve dans ce Coton à bon marché un puissant moyen de faire prospérer son industrie et de procurer de bons éléments de fret à ses navires, la France reste étrangère à ces importations. Il faut en accuser à la fois l'apathie de ses filateurs et nos lois de Douane. Le Coton de l'Inde venant des lieux de production par navires français devrait être affranchi de tous droits, et on devrait pouvoir le tirer des entrepôts d'Europe à un droit très modéré.

CAFÉS.

Le mouvement des Cafés en France, en 1855, a été le plus considérable que nous ayons encore eu à constater, tant sous le rapport des importations que sous celui de la consommation.

La tableau suivant indique les importations de Café en France pendant les cinq dernières années.

Années	Cafés Étrangers		Colonies françaises	Total
	d'en deçà des Caps, au droit de 52 ¼ par ½ k·	d'au delà des Caps, au droit de 43 par ½ k·		
1855.........	.... K.	.... K.	.... K.	38,500,000 K.
1854.........	25,500,000	8,800,000	700,000	35,000,000
1853.........	20,110,100	6,713,000	960,000	27,800,000
1852.........	26,100,000	7,758,000	542,000	34,400,000
1851.........	27,000,000	4,486,000	514,000	32,000,000

Il y a ainsi eu augmentation de dix pour cent sur les importations de 1854 et de trente-huit pour cent sur celles de 1853, qui avaient été faibles.

Les Cafés de l'Inde tendent à entrer chaque année pour une plus forte proportion dans le chiffre des importations.

Il a été reçu en France en 1855 :

59,000 sacs de Java,
62,000 » et 1,500 Bᵗˢ de Ceylan,
25,000 » et colis d'autres parties de l'Inde,

qui, en poids net, font environ

10,000,000 kil. contre 8,800,000 kil. en 1854
6,700,000 » 1853
7,800,000 » 1852
4,500,000 » 1851

Les droits de Douane ont été acquittés sur les Cafés en 1855, pour toute la France, sur le chiffre énorme de

27,000,000 kil. contre
21,700,000 » en 1854
20,000,000 » en 1853
21,500,000 » en 1852
18,700,000 · » en 1851

Il y aurait ainsi eu une augmentation de consommation de 6,300,000 kil. sur celle de 1854 ; mais il faut en défalquer la quantité de Café acquitté à la suite du décret impérial du 14 Juillet dernier et dont une partie est encore invendue.

Néanmoins, tout en tenant compte des acquittements extraordinaires, dans le mois de Juillet, nous pensons que la consommation réelle de la France, en 1855, a dû être au moins de 23,000,000 de kil., soit de dix pour cent au-dessus de la moyenne des trois années précédentes ; chiffre qui se trouve balancer l'excédant qui a eu lieu dans les importations.

Cette augmentation soutenue dans la consommation de notre pays, en face de prix très élevés, nous confirme dans l'opinion que nous émettions l'année dernière, que la hausse prolongée sur les vins et eaux-de-vie avait habitué davantage la population ouvrière à y substituer le Café.

Il est donc à désirer, au point de vue de la morale et de la santé publique, que les droits énormes qui pèsent sur les Cafés soient bientôt sensiblement diminués, les circonstances n'ayant jamais été plus favorables pour arriver par ce moyen à en populariser plus rapidement l'usage. L'exemple de ce qui s'est passé en Angleterre, est un sûr garant que l'Etat ne s'imposerait qu'un sacrifice de très courte durée.

Le mouvement général des Cafés, en France, en 1855, a été comme suit :

Stock au 31 Décembre 1854. k.	8,900,000	
Importations en 1855	38,500,000	47,400,000
Consommation en 1855......... k.	23,000,000	
Exportations	14,000,000	37,000,000
Stock au 31 Décembre 1855.........		k. 10,400,000

Les importations et les débouchés des Cafés, au Havre, ont été comme suit, pendant les cinq dernières années :

Années	Importations	Débouchés	Stock au 31 Décemb.
1855........	18,500,000 k.	19,000,000 k.	1,200,000 k.
1854........	12,600,000	11,500,000	1,800,000
1853........	13,200,000	14,500,000	1,500,000
1852........	16,200,000	15,100,000	2,800,000
1851........	13,200,000	13,400,000	1,800,000

Le Havre a ainsi reçu 48 0/0 des importations totales de la France et a participé pour 51 0/0 dans les débouchés.

Les importations au Havre se sont divisées comme suit :

Proven.	1855			1854			1853			1852		
	Sacs	Qts.	Bts.	Sacs	Qts.	Bts	Sacs	Qts.	Bts	Sacs	Qts	Bts
Haïti	78,000	»	»	68,400	34		55,000	»	»	81,000	»	»
Brésil....	81,000	»	»	82,700	42		74,500	»	57	88,300	48	8
Pᵈ Cᵉ Lᵃ et d'aill.	22,000	»	1,700	28,900	207	520	29,500	880	»	33,200	340	7
l'Inde....	79,000		473	31,200	»		65,200	»	671	53,300	381	457
M. Gua.	»	2,400	»	»	1,212		»	2,407	»	»	2,700	»
	260,000	2,400	2,173	211,200	1,495	520	224,290	3,287	778	255,800	3,772	742

Le tableau suivant indique les importations sur les principaux marchés d'Europe pendant les cinq dernières années.

Quantités exprimées en 1,000 kil.

	1855	1854	1853	1852	1851
Hollande — Société de Commerce........	67,000	54,000	51,500	64,500	49,000
France...	38,500	32,500	27,800	34,400	30,000
Londres...	20,900	21,700	19,000	20,000	18,000
Anvers — Importations directes..........	16,000	14,100	13,800	16,000	13,000
Hambourg — Importations directes....	43,000	39,700	40,000	37,000	39,000
Total.......................	187,900	162,000	155,100	171,900	149,000

Les stocks généraux en Europe, au 31 décembre, étaient d'environ 55,000 tonneaux contre 51,000 tonneaux au 31 décembre 1854.

Le mouvement des Cafés en Hollande, entre les mains de la Société de Commerce, a été comme suit, pendant les dix dernières années :

Années.	Importations	Ventes publiques de l'année	Prix aux ventes	Stock au 31 Déc.
1855............	1,097,000 ʙ.	980,000 ʙ.	30 à 32	349,000 ʙ.
1854...........	887,000	819,000	28 — 29 —	234,000
1853...........	838,000	944,000	29 ½ 30 ½	173,000
1852.....	1,015,000	1,024,000	24 — 25 ½	279,000

Années	Importations	Ventes publiques de l'année	Prix aux ventes		Stock au 31 Déc.
1851............	808,000	739,000	25 ½	28	287,000
1850.	596,000	811,000	26 —	33 ½	231,000
1849............	851,000	903,000	19 ½	25 ½	306,000
1848............	751,000	799,000	17 ½	20 —	371,000
1847............	926,000	1,002,000	20 —	20 ½	444,000
1846............	735,000	895,000	20 —	— —	561,000

Le stock, au 31 décembre dernier, est ainsi plus élevé que celui des six années précédentes à la même époque ; mais il y a moins de Café sur Schedule entre les mains de la Compagnie.

L'augmentation de consommation du Café paraît avoir été générale en Europe, et la distribution de Café aux armées a dû y contribuer, car les soldats en consomment fort peu en temps de paix.

Les derniers avis des pays de production donnent des estimations de Récoltes plutôt au dessous qu'au dessus des précédentes, et comme les stocks en Europe sont modérés, il y a tout lieu de croire que les prix en Europe se maintiendront élevés encore longtemps.

SUCRES.

Nous avons encore à constater une augmentation dans les importations de Sucres de nos colonies pendant l'année 1855. Elles se sont élevées à

86,000,000 kil.	contre	
82,000,000 »	en	1854
63,000,000 »	»	1853
70,800,000 »	»	1852
56,000,000 »	»	1851
46,500,000 »	»	1850
57,100,000 »	»	1849
64,000,000 »	»	1848
99,000,000 »	»	1847
78,700,000 »	»	1846
102,000,000 »	»	1845

Ces importations se divisent comme suit :

Quantités exprimées en tonneaux de 1,000 k°.

Années.	Guadeloupe.	Martinique.	Réunion.	Cayenne.	Total.
1855	—	—	—	—	86,000
1854	22,000	24,300	35,700	—	82,000
1853	14,800	20,700	27,100	300	63,000
1852	17,700	24,600	28,200	300	70,800
1851	16,900	19,700	19,300	200	56,000
1850	13,000	14,200	18,800	500	46,500
1849	19,200	18,400	18,500	1,000	57,100
1848	20,300	19,700	21,800	2,200	64,000
1847	40,300	32,100	24,800	2,300	99,500
1846	28,100	25,600	23,400	1,600	78,700
1845	38,000	33,800	28,600	1,900	102,000

D'après les avis reçus des Antilles et de la Réunion, nos colonies pourront nous envoyer en 1856 environ 100,000 tonneaux de Sucre, soit la quantité que nous recevions avant l'émancipation des Noirs.

Les importations de Sucre étranger se sont élevées au chiffre considérable de

      80,000 t. contre 48,000 t. en 1854
            41,000 »   1853
            36,000 »   1852
            20,000 »   1851

Mais de ces 80,000 tonneaux il a été réexporté environ 45,000 tonneaux, dont 30,000 tonneaux sous la forme de Raffinés.

La campagne de 1854/5 pour la Sucrerie indigène a produit

      45,000,000 contre 1853/4...... 77,000,000
                  1852/3...... 75,000,000
                  1851/2...... 69,000,000
                  1850/1...... 76,000,000

La production présente ainsi une diminution de 39 pour cent sur la moyenne de l'exercice des quatre années précédentes. Ce déficit était au reste prévu, par la raison que les fabricants devaient trouver un grand avantage à se livrer à la distillation.

Il en sera tout autrement pour la campagne 1855/6. Les Sucres sont depuis deux mois à des prix très élevés, et il y a eu baisse sur les Esprits.

D'après le nombre des fabriques en activité depuis l'ouverture de la nouvelle campagne (1er septembre 1855), on compte sur une production de 80,000,000 kil. Sucre au moins.

Les droits d'entrée sur les Sucres étrangers, qui avaient déjà été modifiés par le décret du 20 décembre 1854, viennent de subir une nouvelle diminution de 3 fr. les 100 kil. par décret du 29 décembre dernier, ce qui porte le total du dégrèvement depuis un an à 7 fr. par 100 kil., et peut nous faire espérer pour un peu plus tard la suppression complète de la surtaxe.

	DROITS	
	nouv.	anciens
	les 100 kil.	
Sucre de nuance égale au plus au 1er type actuel / de la Chine, de la Cochinchine, des Philippines et de Siam	45	48
des autres colonies de l'Inde	47	50
d'ailleurs hors d'Europe	50	53
des Entrepôts	60	63

" de nuance supérieure au 1er type actuel, mêmes droits que ci-dessus augmenté de 3 fr. par 100 kilo.

Les droits sur les Sucres des colonies françaises restent fixés :

des Antilles................ 38 les 100 kil.
de la Réunion............. 35   »

Il y a à ajouter à ces droits 20 °/₀ pour double décime de guerre.

La consommation de la France a été comme suit, pendant les trois dernières années :

	1855	1854	1853
Sucre indigène.........................	59,000 tonn.	66,000 tonn.	70,000 tonn.
» des Colonies françaises..............	87,000 »	81,000 »	66,000 »
» des Colonies étrangères.............	60,000 »	37,000 »	31,000 »
	206,000 tonn.	184,000 tonn.	167,000 tonn.
à déduire Sucre raffiné exporté...........	30,000 »	25,000 »	18,000 »
reste pour la consommation de la France	176,000 tonn.	159,000 tonn.	149,000 tonn.

Il y a ainsi eu augmentation de 11 p. 0/0 sur la consommation de 1854, qui avait déjà présenté un excédant de 7 p. 0/0 sur celle de 1853.

L'augmentation dans la production réunie de nos Colonies et du Sucre indigène, estimée à 180,000 tonneaux, n'a donc rien qui doive faire présager la baisse, d'autant plus que nos prix étant sensiblement au-dessous de ceux des marchés du Nord de l'Europe, pour les Sucres étrangers, il en sera probablement dirigé très peu sur France.

Le mouvement des Sucres sur la place du Havre a été comme suit :

	Antilles	Porto-R. et Cuba	Havane	Brésil		Réunion
	b.	b.	c.	sacs	qts	caisses
Stock au 31 décembre 1854....	4,000	650	400	100	—	— —
Arrivages en 1855..............	31,000	6,250	105,600	82,400	20	1,800 58,700
	35,000	6,900	106,000	82,500	20	1,800 58,700
Débouchés en 1855..............	34,800	6,900	103,000	82,500	20	1,800 58,700
Stock au 31 décembre 1855..	200	—	3,000	—	—	— —

Les cours ont varié comme suit sur la place du Havre pour les Sucres des Antilles et de la Havane, type n° 12.

	plus bas	plus haut	moyenne	Havane 12
Janvier......................	59 50 —	61 — —	59 75 —	31 50
Février......................	58 50 —	59 50 —	59 — —	31 50
Mars	57 75 —	58 50 —	58 25 —	30 —
Avril........................	57 — —	57 75 —	57 25 —	30 —
Mai.........................	57 — —	57 — —	57 — —	30 —
Juin	55 75 —	56 50 —	56 — —	29 —

	plus bas	plus haut	moyenne	Havane 12
Juillet	57 — —	57 — —	57 — —	30 —
Août	57 50 —	59 — —	58 25 —	31 50
Septembre	59 — —	59 — —	59 — —	32 50
Octobre	58 — —	59 75 —	59 50 —	33 —
Novembre	59 50 —	68 — —	65 25 —	46 —
Décembre	66 — —	67 — —	66 50 —	45 nominal.

Nos prix ont monté en novembre, par suite du mouvement extraordinaire qui s'était manifesté en Angleterre, où des spéculations extravagantes firent monter les prix de 21 shellings. Une hausse aussi désordonnée ne pouvait se soutenir ; la réaction a été rapide, et les dernières ventes à Londres ont eu lieu à 16 schellings au-dessous des taux les plus élevés.

Le tableau suivant indique les importations de Sucres sur les principaux marchés d'Europe, en 1855, comparées avec les deux années précédentes.

	1855	1854	1853
Angleterre	368,500 ton.	437,000 ton.	365,000 ton.
France	166,000 »	127,000 »	104,000 »
Hollande	97,000 »	112,000 »	104,000 »
Anvers	22,000 »	35,000 »	35,000 »
Hambourg	30,000	36,000 »	25,000 »
	683,500 ton.	747,000 ton.	633,000 ton.

Il y a eu ainsi un déficit dans les importations de 64,000 tonneaux et les stocks généraux, en Europe, se trouvaient réduits à :

100,000 Tonneaux contre 185,000 ton. 31 décembre 1854

» 134,000 » 1853

Or, comme la consommation générale paraît devoir marcher de pair, cette année, avec la production, on peut croire à un prix moyen plus élevé en 1856 qu'en 1855.

INDIGO.

Mouvement des Indigos au Havre en 1855

	Bengale	Java	Madras et Kurpah	Manille	Caraque	Total
Arrivages	3,992 c.	589 c.	74 c.	30 c.	200 c. 34 s.	4,885 c. 34 s.
Ventes	5,532 c.	375 c.	143 c.	26 c.	96 c. 20s.	6,172 c. 20s.
Expéditions pour la cons.	4,831 c.	411 c.	80 c.	30 c.	95 c. 19 s.	5,447 c 19 s.
pour l'export.ᵉⁿ	116	—	66	—	—	182 —
Ensemble	4,947 c.	411 c.	146 c.	30 c.	95 c.19 s.	5,629 c 19 s.

Les importations en France, de toutes provenances ont été comme suit, pendant les cinq dernières années.

	1855	1854	1853	1852	1851
Bengale..........	5,902 c.	5,417 c.	8,553 c.	8,077 c.	5,524 c.
Java..................	736 »	389 »	876 »	990 »	743 »
Madras et Kurpah.	1,903 »	1,733 »	2,793 »	2,928 »	822 »
Autres sortes........	30 »	—	43 »	85 »	16 »
	8,571 c.	7,539 c.	12,265 c.	12,080 c.	7,105 c.

La consommation entière de la France a été de :

9,500 c. en 1855
8,012 » 1854
7,744 » 1853
10,700 » 1852
6,405 » 1851

Il y aurait eu ainsi une augmentation de consommation de 1,500 c. sur celle de 1854, mais traduite en poids, elle doit être insignifiante par suite de la plus forte proportion d'indigo Java et Kurpah qui a été consommée en 1855.

Les affaires en Indigo ont été généralement languissantes en 1855. Il y a eu peu de spéculation, et les prix, après un mouvement de hausse, avaient de la peine à se soutenir.

Le marché a été particulièrement calme depuis le mois de juillet jusqu'au mois de décembre. La demande se réveilla alors, et les ventes s'élevèrent à 521 caisses, mais sans aucune amélioration dans les prix.

Dans le courant de l'année, on a traité environ 1,200 caisses Bengale, à livrer depuis 2 95 jusqu'à 3 30 la roupie. Ces affaires ont donné un bon résultat pour les vendeurs, mais les acheteurs n'ont généralement pas dû y trouver du bénéfice.

Les Stocks réunis du Havre et de Bordeaux, au 31 décembre 1855, en Indigo de toutes provenances, étaient de :

	Havre.	Bordeaux.	Total.
Bengale...................	2,023 c.	408 c.	2,431 c.
Java.......................	191 »	— »	191 »
Madras et Kurpah	72 »	787 »	859 »
Manille...................	— »	— »	— »
	2,286 c.	1,195 c.	3,471 c.

Contre, 31 décembre 1854........ 4,970 c.
— 1853........ 6,830 »

En Angleterre, les importations de l'année dernière en Indigo de toutes sortes ont été de 22,495 caisses contre 27,160 caisses en 1854, et les débouchés de....... 30,139 » » 27,052 » 1854. Les stocks, au 31 décembre, étaient réduits à 15,737 caisses contre 23,391 caisses l'an dernier à pareille époque.

Le mouvement général de l'Indigo, en France et en Angleterre, a donc été comme suit en 1855:

	Angleterre.	France.	Total.
Stock au 31 décembre 1854.	23,391 c.	4,970 c.	28,361 c.
Importations 1855	22,495 »	8,571 »	31,066 »
	45,886 c.	13,541 c.	59,427 c.
Débouchés en 1855	30,149 »	10,070 »	40,219 »
Stock au 31 décembre 1855.	15,737 c.	3,471 c.	19,208 c.

Les stocks réunis de la France et de l'Angleterre seraient ainsi de

19,208 contre 28,461 c. au 31 décembre 1854

30,113 » » 1853

33,263 » » 1852

36,299 » » 1851

Les stocks en Hollande sont tout-à-fait insignifiants. Les importations de Java présentent une réduction très sensible, 7,100 colis contre 10,500 colis en 1854.

Les quantités présentées en vente publique ont été moins fortes de 2,900 caissettes, soit la valeur de 1,200 caisses entières. Il en est résulté une grande hausse de prix sur ces sortes.

La Récolte au Bengale 1855/6, d'après les derniers avis, était estimée à 130,000 maunds, soit environ 35,000 caisses contre

1854/5	104,000 mds — 27,400 c.	dont la France a reçu	6,650
1853/4	104,000 » — 27,400 »	.... »	5,417
1852/3	101,000 » — 26,000 »	.... »	8,553
1851/2	134,000 » — 35,600 »	.... »	8,077
1850/1	112,500 » — 30,000 »	.... »	5,600
1849/50	121,000 » — 32,500 »	.... »	9,910
1848/49	126,000 » — 34,300 »	.... »	6,565
1847/48	110,000 » — 29,000 »	.... »	2,968
1846/47	101,000 » — 26,000 »	.... »	6,087
1845/46	128,000 » — 34,300 »	.... »	8,616
1844/45	143,000 » — 38,900 »	.... »	10,363

CUIRS.

Les importations de Cuirs au Havre qui avaient diminué en 1854 et en 1853, ont pris un développement considérable en 1855, ayant été de : 586,000 pièces contre 314,000 pièces en 1854

309,000	»	1853
430,000	»	1852
402,000	»	1851

Les importations, en 1855, se divisent comme suit :

De la Plata.................................. secs	172,000	contre	147,000
» salés	50,000	»	68,000
Ensemble de la Plata...............	222,000	contre	215,000
Rio Grande................................ salés	19,000	»	17,000
Brésil, toutes sortes.......................	30,000	»	43,000
Chevaux secs et salés......................	113,000		
Vachettes.....................................	104,000		
Autres provenances........................	98,000		
Total............................	586,000		

La hausse dans l'année a été considérable, et pour l'apprécier plus facilement, nous mettons en regard le prix courant du 31 décembre 1855 avec celui du 31 décembre 1854 pour les Cuirs de la Plata.

			k⁰˙	k⁰˙	valeur les 50 kil		au 31 déc. 1854	
					F.	F.		
Cuirs secs	Bœufs....	forts 1ʳᵉ sorte	15 —	à 16 —	127 50	à 132 50	110 —	— —
		bonne force 1ʳᵉ —	12 —	14 —	135 —	140 —	110 —	à 112 50
		Petits 1ʳᵉ —	10 —	11 —	132 50	136 50	112 50	115 —
		lourds forts 2ᵐᵉ —	15 —	16 —	120 —	125 —	100 —	102 50
	Vaches....	fortes et nerveuses....	10 50	à 11 50	135 —	140 —	115 —	117 50
	Taureaux	forts et nerveux........	16 —	17 —	117 50	120 —	92 50	95 —
	Chevaux..		4 50	5 —	7 — la p. 7 75		6 50	6 75
Cuirs salés	Bœufs.....	forts	28 —	32 —	68 —	70 —	55 —	— —
	Vaches....	fortes......................	23 —	24 —	68 —	70 —	57 —	58 —
		moyennes	20 —	21 —	65 —	67 50	55 —	56 —
	Taureaux		36 —	38 —	60 —	— —	47 50	50 —
	Chevaux..		10 —	12 —	8 50 la p. 9 50		6 05	7 50
			11 —	16 —	10 50 à 11 —		9 —	9 50

La hausse en 1855 a ainsi été de 15 à 20 %, et rien ne fait présager une baisse; car, d'un côté, les stocks en Europe sont extrèmement réduits, et, de l'autre, on ne peut pas espérer de voir les importations de la Plata augmenter.

L'état politique de ces contrées est loin d'y développer le commerce des Cuirs, qui se ressent d'ailleurs encore des abats exagérés de jeune bétail qui ont été faits il y a quelques années.

Le maintien des prix en France est encore favorisé par les besoins extraordinaires qu'entraîne la guerre.

Les droits d'entrée sur les Cuirs ont été réduits, par décret du 10 décembre, comme suit :

	Nouveau droit.		Droit ancien.	
Peaux fraiches (salées)				
par navires français, des pays				
hors d'Europe	» fr. 10 c. des 100 k°		1 fr. — c. des 100 k°	
des Entrepôts	3 50	—	3 50	—
par navires étrangers	4 50	—	4 50	—
Peaux sèches :				
par navires français, des pays				
hors d'Europe	» 10	—	5 —	—
des Entrepôts	5 —	—	10 —	—
par navire étranger	10 —	—	15 —	—

Il faut ajouter à ces droits le double décime de guerre.

RIZ.

Les importations de Riz au Havre ont été en

1855	3,252	tierçons	172,000	sacs
1854	8,800	—	190,000	—
1853	7,800	—	188,000	—
1852	7,000	—	77,000	—
1851	4,700	—	46,000	—

Les prix, qui étaient au commencement de janvier 1855, de 32 à 35 pour le Riz Caroline, sont montés à 40 et 45. Les Bengale ont eu des fluctuations de baisse et de hausse entre les prix de 18 à 22 50, et les Akyab se sont élevés de 15 50 à 18.

Notre stock actuel est de 70,000 sacs, et il y a environ 60,000 sacs en route de Calcutta, qui seront suivis par d'autres expéditions du Bengale et d'Akyab. Il faut donc s'attendre à des importations considérables en 1856 ; mais il ne faut pas perdre de vue que la consommation de la France, qui n'était que de 14,000 tonneaux en 1845, s'est élevée à .... 33,000 — en 1853

46,000 — en 1854

Nous n'avons pas le chiffre de la consommation du Riz en France pour 1855 ; il y a tout lieu de croire cependant qu'elle n'a pas été inférieure à celle de 1854.

Une consommation qui fait plus que tripler en dix ans nous paraît répondre assez victorieusement à cette assertion assez absurde de la part de certains savants, que le Riz offre une trop pauvre nourriture pour être compté comme auxiliaire dans l'alimentation du peuple.

GRAINS ET FARINES.

Les importations de Blés et Farines au Havre ont été de 220,500 barils et 29,000 sacs de Farine, contre 1854   431,000 barils
610,000 hect. de Froment   »   641,000 hect.

Les importations totales en France, pour les onze premiers mois de 1855, chiffres officiels ont été de................. 4,667,000 hectolitres
dont il faut déduire pour réexportation .... 1,104,000 »

restent   3,563,000 hectolitres

Nous avons reçu dans les derniers jours de Décembre de nombreux renforts en Blé et Farines, mais comme ils ne figurent pas encore sur les états de la Douane, nous ne pouvons pas donner un chiffre certain ; nous les évaluons cependant pour notre port à environ.................. 350,000 hectolitres

Il semble résulter de ces chiffres, que la quantité de Blé et Farines importée en France en 1855, défalcation faite des réexportations, n'a pas dû atteindre cinq millions d'hectolitres. Il resterait ainsi un solde important à importer de l'étranger, d'ici à la récolte prochaine. Les Etats-Unis et l'Espagne semblent seuls en mesure de combler ce déficit. Malheureusement les prix y sont montés de manière à n'y présenter qu'une forte perte sur nos cours actuels, et il est à craindre qu'après l'arrivée des renforts attendus nous n'éprouvions une grande lacune dans les arrivages et par suite une hausse fâcheuse.

Les prix ont varié en 1855, sur la place du Havre, de F. 43 50 et F. 46 le baril de Farine à F. 52 50 et 55 le baril, suivant qualité, et le Blé d'Amérique de F. 75 et 80 à F. 96 et 102, le sac de 200 kil.

Un décret impérial a prorogé encore une fois l'admission libre des Grains et Farines jusqu'au 31 Décembre 1856, par tout pavillon ; ce délai offre sans doute une plus grande sécurité aux importeurs ; mais il serait néanmoins à désirer que le Commerce des Grains fût enfin réglé par une loi qui, faisant justice du système de l'Echelle Mobile, établirait un droit d'entrée fixe et très modéré.

On évalue assez généralement à un cinquième le déficit de la dernière récolte et la hausse n'a été contenue dans ses limites que par l'effet d'une abondante récolte de pommes de terre.

Les fermiers dans leurs ensemencements pour 1856, ont malheureusement plus forcé sur le Colza que sur le Blé, ce qui prouve une fois de plus combien il est imprudent d'encourager outre mesure la culture des graines oléagineuses par des droits élevés sur les graines et huiles étrangères.

La même considération devrait faire supprimer la surtaxe qui frappe encore les sucres étrangers afin de ne pas détourner par des moyens factices, des terres à blé de la culture des céréales.

NITRATE DE SOUDE.

Il a été importé au Havre
en 1855,   52,000 sacs contre
49,800   »   en 1854
27,500   »   en 1853
24,400   »   en 1852
31,600   »   en 1851

Les prix, qui étaient à 33 50 au commencement de l'année, sont tombés à 23 25, suivant titrage.

La consommation de la France a été de
6,000 tonneaux contre 6,000 tonneaux en 1854
4,500   »   en 1853
6,200   »   en 1852
4,400   »   en 1851

SALPÊTRE DE L'INDE.

Il a été importé au Havre
9,300 sacs contre 12,200 sacs en 1854
10,500   »   en 1853
6,700   »   en 1852
15,400   »   en 1851

Les prix ont varié de 42 à 49.

La consommation de la France a été de

4,000 tonneaux en 1855 contre
1,600　»　en 1854
2,000　»　en 1853
1,900　»　en 1852
2,000　»　en 1851

L'exportation du Salpêtre des possessions anglaises dans l'Inde, autrement que pour l'Angleterre et sous pavillon anglais, a été prohibée par ordonnance royale. Cette mesure ne paraît pas devoir avoir de l'influence sur nos cours ; car il est probable que le Gouvernement anglais permettra l'exportation du Salpêtre d'Angleterre en faveur de ses alliés. L'effet de cette prohibition aura plutôt pour effet d'élever les prix des Nitrates de Soude sur les lieux de production ; car les Etats neutres qui en exportaient de l'Inde sous pavillon étranger iront dans les Mers du Sud remplacer les Salpêtres par les Nitrates de Soude, qu'ils transformeront en Nitrate de Potasse pour la fabrication de la Poudre.

HUILE DE BALEINE.

Il a été importé au Havre en 1855, par trois navires, dont un de New-York :

4,200 Barils contre 13,600 en 1854
11,000　»　1853
5,600　»　1852
15,500　»　1851

Les prix de l'année ont flotté entre F. 69 et 82.

L'abaissement de droit qui avait eu lieu en 1854, sur les Huiles de poisson de pêche étrangère, n'a donc pas eu l'effet qu'on en attendait par suite de l'élévation des prix des Huiles sur les marchés des Etats-Unis.

Le nombre de navires baleiniers attachés au port du Havre est réduit aujourd'hui à 15 ; et il n'y a aucune probabilité de le voir augmenter. Les résultats obtenus pendant ces deux dernières années n'ont pas été très encourageants, malgré le haut prix des huiles et le taux élevé des primes. Les navires sont restés plus longtemps dehors et ont eu à supporter des frais d'armement plus élevés.

HUILE DE PALME et de COCO.

Nous avons reçu en 1855 :

4,252 fûts Huile de Palme , contre 2,231 fûts en 1854
1,045 » 1853
1,944 » Huile de Coco, contre 845 » 1854
1855 » 1853

Les prix se sont encore maintenus très élevés en 1855 ; soit de F. 58 à 68 pour les Huiles de Palme, et de 60 à 68 pour les Huiles de Coco.

Le stock au 31 décembre était de :

450,000 kil. Huile de Palme
100,000 » Huile de Coco

ÉTAIN

Les importations et consommations de l'Etain ne varient pour ainsi dire pas depuis quelques années.

	Importations.	Consommation.
1855	2,300 ton.	2,100 ton.
1854	2,200 »	2,200 »

	Importations	Consommation
1853 —	2,500 ton. —	2,500 ton.
1852 —	2,500 » —	2,400 »
1851 —	1,800 » —	1,800 »

Le mouvement des Etains Banca, en Hollande, a été comme suit pendant les cinq dernières années :

	1855	1854	1853	1852	1851
Importations :	143,600 bl.	143,700 bl.	119,000 bl.	139,000 bl.	115,000 bl.
Ventes :	132,900 bl.	133,000 bl.	122,000 bl.	157,000 bl.	111,000 bl.
Prix commun	fl. 74 1/2	fl. 66	fl. 72	fl. 50 1/4	fl. 47 1/2

MÉTAUX DIVERS.

Importations pendant les onze premiers Mois 1855 :

Fers étirés en barre...... 63,400 tonn. contre
            12,800 » onze premiers mois 1854
            5,000 » » » 1853

Fonte brute................... 125,000 tonn. contre
            84,000 » » » 1854
            78,000 » » » 1853

Plomb .... 33,600 tonn. contre
            27,000 » » » 1854
            27,000 » » » 1853

Zinc......... .... 25,000 tonn. contre
            15,000 » » » 1854
            24,000 » » » 1853

Ces chiffres prouvent combien les réductions de droits sur les Fers et Fontes ont été favorables aux industries qui en font un si grand emploi.

Les Forges françaises n'en ont nullement souffert, et elles ont plus de demandes qu'elles n'en peuvent satisfaire, sans exiger des délais de livraison qui entraînent aux plus graves inconvénients pour le développement du travail national.

OR ET ARGENT.

| Années. | Monnayage à Paris. | | Prix du kil. au 1er Janvier. | |
	Or.	Argent.	Or.	Argent
	F.	F.	F.	F.
1855 —	404,000,000	23,000,000	3,450	223
1854 —	514,000,000	2,000,000	3,433	222
1853 —	330,000,000	20,000,000	3,443	222
1852 —	26,000,000	71,000,000	3,440	221
1851 —	241,000,000	59,000,000	3,434	221

Tandis qu'en 1850, l'encaisse de la Banque de France se composait de 9/10 Argent et 1/10 Or, il se compose aujourd'hui de plus d'Or que d'Argent.

Il a été expédié, en 1855, de l'Angleterre et de la France, environ 200 millions en espèces et lingots d'Argent pour l'Inde et la Chine. On estime que près de 600 millions d'Argent ont pris la même route depuis trois ans; mais ce mouvement semble arrêté.

Les extractions d'Or, en Californie surtout, sont présumées devoir augmenter beaucoup par suite de l'exploitation des filons quartzeux.

CHARBON DE TERRE.

Nous avons reçu d'Angleterre en

1855 — 440 cargaisons.
1854 — 373   »
1853 — 377   »
1852 — 281   »

1851 — 297 cargaisons

1850 — 190   »

Les importations en France, de Houille étrangère, par terre et par mer, ont été de :

375,000	tonneaux pour les 11 premiers mois 1855 contre			
336,000	» .... »	12	.... »	1854
292,000	» .... »	12	.... »	1853
268,000	» .... »	12	.... »	1852
257,000	» .... »	12	.... »	1851
230,000	» .... »	12	.... »	1850

La consommation de la Houille étrangère en France a présenté la progression suivante pendant les mêmes années :

1850 — 240,000 tonneaux.

1851 — 247,000   »

1852 — 256,000   »

1853 — 280,000   »

1854 — 312,000   »

1855 — 352,000   »   pour onze mois.

Sans les droits, cette consommation augmenterait encore considérablement, au grand profit du développement de l'industrie et du travail national. Les extractions de Houille française n'en diminueraient probablement aucunement.

Navires entrés dans le Port du Havre.

Années	Long-Cours	Grand Cabotage	Petit Cabotage	Total	Tonnage
1855	736	—	—	6,119	900,000
1854	697	—	—	5,783	838,000
1853	573	—	—	5,577	770,000
1852	637	1,336	2,861	4,834	665,000
1851	491	1,280	2,965	4,726	622,000
1850	478	1,328	2,700	4,506	572,000
1849	517	1,120	2,520	4,163	545,000
1848	445	1,378	2,499	4,322	498,000
1847	641	2,637	3,891	7,169	821,000
1846	586	1,775	4,718	7,077	788,000
1845	627	1,702	3,939	6,270	742,000

Le Long-Cours se décompose comme suit :

Années	1855	1854	1853	1852	1851	1850	1849	1840
des Etats-Unis	275	301	236	217	179	172	218	315
du Brésil	66	44	53	58	49	51	45	26
de Haïti	82	57	53	72	36	51	36	40
des Antilles étrangères	99	51	43	38	19	48	35	29
de la Plata et Rio-Grande	30	26	24	41	30	33	32	14
du Pérou, du Chili, du Mexique et Colombie	23	31	59	71	53	41	45	33
de l'Inde et de la Chine	45	32	32	21	30	27	27	15
de Bourbon	10	4	6	9	4	1	5	7
du Sénégal, Cayenne et Côte-d'Afrique	26	15	7	26	18	5	17	9
de la Pêche de la Baleine	2	6	7	3	7	7	7	23
de la Martinique	38	45	33	41	34	25	27	44
de la Guadeloupe	40	45	20	40	32	27	36	70
	736	697	573	637	491	448	530	625

Droits perçus par la Douane du Havre.

```
1855  —  48,600,000  F.  (*)
1854  —  36,000,000
1853  —  34,900,000
1852  —  34,600,000
1851  —  26,000,000
1850  —  25,900,000
1849  —  29,200,000
1848  —  20,100,000
1847  —  25,800,000
1846  —  28,200,000
1845  —  27,600,000
1844  —  26,700,000
1843  —  25,400,000
1842  —  24,800,000
1841  —  23,000,000
1840  —  22,400,000
```

(*) Au mois de Juillet, le double décime de guerre a été appliqué, et pour l'éviter de grandes quantités de marchandises ont été dequittées ; mais dès le 30 Juin, lorsqu'il n'était pas encore question du double décime, les droits perçus dépassaient 22 millions.

FRÉDÉRIC DE CONINCK & Cᵒ.

P. S. — Au moment de mettre sous presse, une Dépêche télégraphique annonce une grande probabilité de prochaine conclusion de Paix. Si cet heureux événement se réalise, ses conséquences seront immenses, et il ne nous faudrait plus que de belles récoltes pour voir le pays revenir au plus haut degré de prospérité.

44

www.ingramcontent.com/pod-product-compliance
Lightning Source LLC
Chambersburg PA
CBHW072257210626
46818CB00017B/1407